AF339742

SUR LA MORT

D'HILAIRE CHARRIER

DE CHAVAGNES (Vendée),

Caporal aux Zouaves Pontificaux.

Poésie, par l'Abbé François BAUDRY.

DEUXIÈME ÉDITION.

AMOUR ET DÉVOUMENT À LA Sᵗᵉ EGLISE
ET A SON CHEF LE SOUVERAIN PONTIFE.

NANTES,

LIBRAIRIE CATHOLIQUE

LIBAROS, SUCCESSEUR DE POIRIER-LEGROS

Carrefour Casserie, 3.

1867.

STROPHES SUR LA MORT

D'ALEXIS-HILAIRE CHARRIER

CAPORAL AUX ZOUAVES PONTIFICAUX

Au Père, à la Mère,

A toute la Famille

De ce jeune et vaillant Défenseur du Saint-Siége.

—

Vive le Pape-Roi ! — La Croisade nouvelle
Entraînait des héros vers la Ville Éternelle. —
Alors vos fils aînés, deux bons et nobles cœurs,
Cachant l'ardeur des preux sous la fleur de leur âge,
Vous dirent : « Bénissez, père, notre courage !
A Rome nous volons ! » — « Allez ! soyez vainqueurs ! »

Bénis par vous, baignés des larmes de leur mère,
Consolant de l'adieu l'heure toujours amère,
Montrant du doigt le Ciel à vos regards émus,
Ils partirent tous deux : tous deux furent zouaves ;
Tous deux furent joyeux, et tous deux furent braves,
Fidèles à Pie IX, fidèles à Jésus !...

1868

Lorsque Garibaldi criait à ses cohortes :
« De Rome dans trois jours nous franchirons les portes! »
Il trouva devant lui des bataillons d'acier ;
Des soldats de vingt ans, jeunes gens héroïques,
Artisans, grands seigneurs, tous ardents catholiques,
En qui la foi triplait le courage guerrier.

Dans leurs rangs combattaient vos fils, Ignace, Hilaire.
Témoin de leur bravoure en la plus chaude affaire,
Un sergent de la ligne à sa mère écrivait :
« Ils se sont bien battus et n'ont pas de blessure.
Que leur père soit fier ! » — La nouvelle était sûre. —
Traduire votre joie... oh! Dieu seul le pouvait ! —

Mais quel malheur soudain bannit votre allégresse ?
Votre famille en deuil autour de vous se presse !
Oh!... peut-être qu'à Rome un de vos fils est mort?...
Hélas! oui. Vous venez, pauvre ami, de l'apprendre :
Votre Hilaire n'est plus ! Quel coup, pour vous si tendre !
Mais pour vous, si chrétien, quel admirable sort !...

Jusqu'ici j'ai pleuré bien des fois dans ma vie
Sur des bonheurs auxquels la mort portait envie.
Cette mère était gaie et ce père joyeux ;
Leurs enfants blonds et purs qui leur semblaient des anges
Riaient entre leurs bras, bégayaient dans les langes ;
Au foyer domestique ils se croyaient aux Cieux.

Ils savaient cependant cette terrible chose,
Que la mort ici-bas jamais ne se repose :
Comme on cache un trésor de crainte des voleurs,
Ils couvraient leurs enfants d'une immense tendresse ;
La mort les épiait : — tout à coup la traîtresse
Emportait un enfant comme un bouquet de fleurs.

Eh bien ! oui, j'ai pleuré ! ce spectacle me navre
De voir un enfant mort, et, près du froid cadavre,
La tête dans leurs mains, père et mère inclinés.
J'ai répandu sur eux une larme choisie ;
J'ai voulu qu'en secret un peu de poésie
Fleurît sur la douleur de ces infortunés.

Voilà ce que j'ai fait pour un chagrin vulgaire.
Eh quoi ! lorsqu'au retour de cette sombre guerre
Où le Piémont prenait l'habit garibaldien
Et courait renverser le pouvoir le plus juste,
Votre cher fils est mort pour notre Pape auguste,
Père et mère, mon cœur ne vous dirait-il rien ?

Non, non, je salûrai votre douleur profonde,
Ces pleurs dont votre joue, hélas ! encor s'inonde,
Ces soupirs, ces sanglots des frères et des sœurs ;
Je salûrai surtout la foi qui vous anime !
Et n'avez-vous pas dit, ô père magnanime :
« Cette mort, je l'envie, elle est riche en douceurs ! »

Oui, oui, riche en douceurs et de gloire entourée !
Suivant du Roi Pie IX la bannière sacrée,
Hilaire s'élançait hardiment au trépas.
La mort planait partout sur le champ de bataille ;
Ses doigts glacés guidaient les balles, la mitraille ;
Elle vit votre fils, mais ne le frappa pas.

De fatigue épuisé, se soutenant à peine,
Au milieu des vainqueurs, dans la cité romaine
Il rentre. — Il y venait triompher et... mourir !
Noble enfant, oubliant sa cruelle souffrance,
A l'aspect de Pie IX qu'environnait la France,
Il sentit au bonheur son âme se rouvrir.

Hélas ! les fleurs pleuvaient des balcons sur sa tête !
Il murmurait : « Mon Dieu, c'est ma dernière fête !
La mort ne m'a pas pris hier sur le champ d'honneur.
Lorsque le choléra sévissait dans la ville,
Elle n'a qu'ébranlé ma jeunesse fragile ;
Mais elle me tûra demain : merci, Seigneur ! »

Le zouave, à ces mots, pâlit, tremble et chancelle ;
La sueur abondante à sa tempe ruisselle. —
O mère, vous auriez voulu sur votre sein
Recevoir votre fils à cette terrible heure !
Votre Hilaire — oh ! séchez, séchez cet œil qui pleure ! —
Est tombé dans les bras d'un prêtre vendéen ! *

* M. l'abbé Niort.

La Vendée était là, dans cette vaste Rome ;
Il la représentait, lui, ce vaillant jeune homme,
Avec son frère Ignace et d'autres, aux combats :
A Rome, — comme au pied de la croix du village,
Lorsqu'elle ne sauvait que sa foi du pillage, —
Ses fils prêtres devaient bénir ses fils soldats !

Il en était ainsi, ma mère, ma Vendée ! —
La tête du soldat, de sueur inondée,
S'appuyait doucement sur un cœur fraternel.
Les yeux sur le zouave, à quoi songeait le prêtre ?
Il priait : « Donnez-moi, donnez-moi, mon bon Maître,
Pour soigner cet enfant un amour maternel ! »

Le prêtre eut cet amour. — Que Dieu l'en récompense !
Toujours le bénira notre reconnaissance. —
Sa bonté conduisit au moderne Croisé
Des prêtres vendéens pour lui pleins de tendresse.
Le malade souffrit avec plus d'allégresse ;
Mais il devait mourir, par la lutte brisé.

Il mourut vers le soir, entouré de ses hôtes,
Dont l'un * avait reçu l'humble aveu de ses fautes.
« O ma Mère ! O Pie IX ! » Sa languissante voix
Répétait ces deux noms avec un doux murmure.
Comme un héros chrétien qui revêt son armure,
Il fit, en expirant, un grand signe de croix.

* Mgr Gallot.

La mort, dont le toucher en un clin d'œil nous change,
Ne flétrit point ses traits. « Il est beau comme un ange! »
Disaient les visiteurs à son meilleur ami. —
Avec son crucifix, son air candide et brave,
Il était le portrait d'un ange, ce zouave,
D'un ange des combats dans la paix endormi!

Mais quel est, au chevet de son lit de parade,
Ce zouave qui pleure? Est-ce son camarade?
C'est son frère, mon Dieu! — Calme, mais éploré,
Le Vendéen baisait la tête fraternelle :
— « A Pie IX, comme toi, je veux mourir fidèle!
Sur ton cœur, je le jure, ô mon frère expiré! » —

Belle scène d'adieux, et qui serait à peindre! —
O frères vendéens, nous faudrait-il vous plaindre,
Quand pour servir Pie IX, Ignace, tu survis;
Quand pour te reposer de ta noble fatigue,
Hilaire, vers le Dieu de son bonheur prodigue,
Tu vas de Rome, un soir, aux éternels parvis!

Entre tes doigts maigris serrant l'image sainte,
Tu mourus sans regret, sans bravade et sans crainte!
Pieux enfant du peuple, élevé dans la foi,
Tu savais bien qu'au Ciel habite un tendre père,
Indulgent à tous ceux dont la douleur espère;
Tu savais qu'il aurait compassion de toi.

Et ne mourais-tu pas pour sa grande querelle?
Malgré tes dix-sept ans, nature aimable et frêle,
Tu n'avais pas voulu laisser ton frère seul
Défendre de Pie IX la vie et la couronne !
Tu savais bien qu'un jour, près ou loin de son trône,
Jeune, on te couvrirait des plis de ton linceul !

Tu partis cependant pour Rome avec délice !
Oh ! Dieu t'aura placé dans sa sainte milice !
A ta rencontre, au seuil du palais immortel,
Ils seront accourus rayonnants de lumière,
Ces héros, Pimodan, Guérin, La Moricière,
Tous ceux qui sont tombés pour Pie IX et l'autel.

Ton âme aura trouvé, dans la splendeur divine,
Celles des chevaliers, des preux de Palestine !
Eux, du Seigneur Jésus délivraient le tombeau ;
Vous, vous sauvegardiez l'Héritier de saint Pierre !
Délivrer de Jésus le sépulcre de pierre,
Ou défendre Pie IX, lequel est le plus beau ?...

Pour toi la gloire au Ciel, sur terre aussi la gloire !
Sortir de cet exil, sortant de la victoire,
Ce fut ton sort, Hilaire, et peut-être ton vœu ?
Tu pus te recueillir, à l'ombre de ta palme,
Jouir de ton triomphe, et, plus serein, plus calme,
T'écrier : « Qu'il est doux, mon baptême de feu ! »

Tu mourus, fils du peuple, en la terre étrangère;
Mais non, cette parole est triste et mensongère!
Rome n'est pas pour nous un pays étranger :
C'est notre ville à tous! — Eh bien! dans ses murailles,
Des prélats, des seigneurs suivaient tes funérailles,
Autour de ton cercueil trop fiers de se ranger. —

Le drapeau de Pie IX, radieuse bannière,
Déployait ses couleurs et flottait sur ta bière;
Des héros, tes amis, sur toi versaient des pleurs;
Après ton frère en deuil, venaient de grandes dames;
Pour ta mère et tes sœurs, elles pleuraient, ces femmes,
Et rapprochaient de toi leurs lointaines douleurs!

Sur la fosse où ton corps reçut la sépulture,
Deux cyprès lentement balancent leur verdure.
Ce lit suprême est-il au gré de tes désirs ?
Ton corps, à Saint-Laurent, * réponds, est-il à l'aise?
Veut-il, pour y dormir, sa terre chavagnaise? —
— Ici, comme à Chavagne, il dort près des martyrs! —

Pour que ta gloire, ami, soit de tous mieux connue,
Tu reposes au bord d'une large avenue;
Sur une croix de bois trois mots italiens
Indiquent ta valeur, ton nom et ta patrie.
Va! ceux qui les liront, — sur ta tombe chérie
Fléchiront les genoux, s'ils sont vraiment chrétiens!

* Nom du cimetiere où est enterré e jeune Vendéen.

Cette humble croix de bois, ce riche mausolée,
Que rêve une amitié fidèle et désolée,
N'auras-tu que cela, zouave triomphant?...
Non, non, mille fois non! — L'horizon est très-sombre;
Mais les foudres du Ciel dissiperont cette ombre,
Et l'univers entier crîra : « Dieu nous défend! »

Pour qui veut regarder, Pie IX est au calvaire;
L'impiété le hait, si la foi le révère. —
Ce Pontife sublime aura des jours meilleurs;
Il verra reconnus les droits qu'on lui conteste;
Écrasés sous les coups de la fureur céleste,
A ses pieds tomberont et bourreaux et railleurs!

Oui, la paix souriante, à ses côtés assise,
Par lui fera grandir le bonheur de l'Église;
Rome, son Golgotha, deviendra son Thabor;
Plus de lueur sanglante au ciel de l'Italie;
La ville de Pie IX, par son Prince embellie,
Aux arts demandera d'autres chefs-d'œuvre encor!

Quels sujets à traiter! nos temps, nos temps eux-mêmes,
Fourniront la matière aux tableaux, aux poèmes;
Tout se présentera sous un aspect si neuf!
La valeur, sous vos traits, zouaves magnanimes;
Le pardon, sous vos traits aussi, saintes victimes;
La majesté de Dieu, sous les traits de Pie Neuf! —

Sur le marbre sculpté brilleront vos phalanges
Allant à l'ennemi comme des troupes d'anges ;
Les vaincus, les martyrs de Castelfidardo,
Sereins, apparaîtront sur la toile inspirée,
Jetant à pleines mains, de la voûte azurée,
Des lauriers aux vaincus de Monte-Rotondo !

De sa plume de fer l'Histoire impartiale
Ecrira : « Des héros ! — Leur ardeur martiale
Se battait sans compter ennemis ni canons ! » —
Comme ceux des Romains, sauveurs du Capitole,
Zouaves, dont le front est ceint d'une auréole,
Sur des tables de bronze on gravera vos noms !

Enfin, il surgira, je le pense, un génie ;
Les hommes le prendront pour l'Ange d'harmonie ;
Il célèbrera, lui, vos combats glorieux :
Viterbe, Mentana, toute votre épopée ;
Mais ses lèvres, avant, baiseront votre épée ;
Ses hymnes seront beaux comme un concert des Cieux !

Ils émerveilleront les esprits d'âge en âge :
Ton nom vivra par eux, brave enfant du Bocage,
Dont les pères ont fait la *guerre de géants !*
Ton nom ! pardonne-moi d'avoir eu ce délire,
D'oser le prononcer sur ma tremblante lyre,
Et de t'avoir béni dans de si faibles chants !

Je ne m'abuse pas, je ne suis pas poëte!
Mais, Hilaire, ma voix n'a pu rester muette,
Lorsque je t'ai su mort pour Pie IX et mon Dieu;
Je t'avais trop connu, trop aimé sur la terre,
Trop serré dans mes bras, ce soir, au presbytère,
Où ton Ignace et toi vîntes nous dire adieu!

Et puis, je n'ai pu voir, tendre et pure victime,
La foi de tes parents, sans l'estimer sublime;
Lorsqu'on leur annonça la perte de leur fils,
Les larmes ont mouillé sans doute leur paupière,
Mais père, mère, sœurs, mais la famille entière,
Résignée, embrassait les pieds du crucifix.

J'ai voulu saluer leur douleur vénérable;
J'ai voulu saluer ce pontife admirable,
Ce Pie IX dont les pleurs auront coulé sur toi! —
JE CROIS, NOUS CROYONS TOUS — par ce cri je termine —
A son pouvoir humain, à sa force divine!
Nous voudrions mourir dans cet acte de foi!!! —

Adieu! — Mais de mon cœur un mot encor s'échappe:
Nous sera-t-il donné de voir un jour le Pape,
De nous pâmer d'amour en lui baisant les mains,
D'aller parler à Dieu sur les fleurs de ta tombe,
Où doivent s'arrêter et l'aigle et la colombe,
Où vont se prosterner de grands seigneurs romains?...

Je ne sais, mais chez nous, autour de ta colonne,
Qu'orneront une croix, un glaive, une couronne,
Fidèles et pasteurs se mettront à genoux,
Et là, nous répandrons plus de vœux que de larmes :
Nous te dirons à toi, comme à tes frères d'armes :
« Zouaves de Pie IX, au Ciel, priez pour nous!!! »

*Chavagnes-en-Paillers, 25 novembre 1867, jour de la fête de
sainte Catherine, vierge et martyre.*

LE PONTIFE-ROI

HYMNE

Fɪʟs des martyrs, adoptons pour devise
— Vivent Jésus et son Pontife-roi ! —
De nos aïeux et de l'Eglise
Gardons la foi, gardons la foi !

Les dieux et Rome étaient vaincus ;
Leur joug n'opprimait plus la terre ;
Au Capitole solitaire
Triomphait le Sauveur Jésus !

Les siècles nouveaux commençaient :
Les successeurs du Fils de l'Homme
Allaient posséder cette Rome
D'où les Césars disparaissaient.

Dieu de force et de majesté,
A ton Vicaire il faut un trône ;
Il lui faut la triple couronne,
Avec Rome et la liberté !

O Christ ! à l'ombre de ta croix,
Ton Pontife doit en ce monde,
Que l'orage se taise ou gronde,
Conserver sa place et ses droits !

Quels cris nous font frémir d'horreur ?
L'impiété, comme naguère,
A Pie IX déclarant la guerre,
Contre lui marche avec fureur.

— « Nous voulons, débile vieillard,
» Ton lambeau de puissance humaine;
» A bas la croix ! — L'aigle romaine,
» Voilà notre seul étendard ! » —

Pie IX écoute sans pâlir
Le blasphème et la moquerie :
Il compte sur Dieu, sur Marie ;
Il peut mourir, mais non faiblir.

Dieu ne laisse pas sans secours
Celui dont l'œil vers lui se lève :
Couvrant le Pape de leur glaive,
Voyez les Croisés de nos jours !

Tandis, Seigneur, qu'ils défendront
Ta cause auguste avec leurs armes,
Pour eux nos soupirs et nos larmes
Devant tes autels s'épandront.

N'es-tu pas le Dieu des combats ?
Garde les soldats de saint Pierre,
Donne la gloire à leur bannière,
Ramène la paix ici-bas !

Oh ! qu'il brille, le jour promis,
Où ta Mère, d'un ton sublime,
Dira : — « Pontife magnanime,
» Regarde : ils n'est plus d'ennemis ! »

LE CALVAIRE DE PIE IX

HYMNE

—

Aimons l'Eglise notre mère :
Jurons-lui tous fidélité ;
Pleurons sur sa douleur amère,
Consolons son Chef attristé.

L'Eglise, en ce monde exilée,
Vers le Ciel marche en gémissant :
Toujours la terrestre vallée
A bu ses pleurs, a bu son sang !

A tous la douleur est notre hôte,
Pour nous tous se dresse une croix ;
Mais qui donc aura la plus haute ?
Le Vicaire du Roi des rois !

Comme ton Golgotha sinistre
Fut ton premier trône ici–bas,
Jésus, tu veux qu'à ton Ministre
Le Golgotha ne manque pas !

Il domine les Sept Collines,
Ce Golgotha des nouveaux temps !
Comme tes souffrances divines,
Il tient les peuples haletants.

Ton Pontife est plus grand que Rome :
Tous sont forcés, bons ou pervers,
De jeter ce cri : — Voilà l'Homme ! —
Son martyre émeut l'univers !

Ce doux Pie IX , monarque et prêtre,
Regarde et la terre et les Cieux ;
Son âme parle au divin Maître ;
Sur les hommes pleurent ses yeux.

D'en haut, à ces moments étranges,
Nous voudrions être éclairés,
Afin de contempler les anges
Qui recueillent ces pleurs sacrés.

O Pontife, versez des larmes
Sur les méchants et sur les bons,
Sur vos soldats et sur leurs armes,
Sur les héros que nous pleurons.

Nous mêlerons nos pleurs aux vôtres,
Avec bonheur, avec orgueil,
Pour vous et le Chef des Apôtres,
Trop heureux, trop fiers d'être en deuil !

Oui, notre amour qui vous révère,
A vos douleurs s'attachera,
Jusqu'au jour où votre Calvaire
Comme un Thabor rayonnera.

L'abbé François Baudry,
Vicaire de Chavagnes-en-Paillers.

Nantes, imp. Vincent Forest et Émile Grimaud, place du Commerce, 4.